AF449919

El fantasma de la Ópera

The Phantom of the Opera

El fantasma de la Ópera • *The Phantom of the Opera*
Gastón Leroux

© Jesús Nieto, traducción
© Alicia Alarcón, adaptación de la obra original

© Rocío Fabiola Tinoco Espinosa,
ilustración de portada e interiores

SÉLECTOR
ACTUALIDAD EDITORIAL

D.R. © Selector S.A. de C.V. 2021
Doctor Erazo 120, Col. Doctores,
C.P. 06720, Ciudad de México

ISBN: 978-607-453-754-3

Primera edición: octubre de 2021

Impreso en México
Printed in Mexico

El fantasma de la Ópera

The Phantom of the Opera

Gastón Leroux

SÉLECTOR
ACTUALIDAD EDITORIAL

Índice

Gastón Leroux(1868-1927)..........8

Gaston Leroux (1868-1927)..........9

Introducción..........10

Introduction..........11

Síntesis..........11

Synthesis..........11

Prefacio..........13

Preface..........13

El triunfo de Christine..........17

Christine's success..........17

El ingel de la Música..........25

The angel of music..........25

Encuentro con el fantasma..........35

Meeting the ghost..........35

La cita..........39

The rendezvous..........39

Christine y Erik..........45

Christine and Erik..........45

El rapto de Christine..........57

The kidnap of Christine..........57

La historia de Erik..........65

Erik's story..........65

La liberación..........73

The liberation..........73

La última aparicióndel fantasma..........77

The last appearance of the ghost..........77

Gastón Leroux
(1868-1927)

Escritor francés, famoso por sus novelas de aventuras y policíacas.

Trabajó en varios periódicos y viajó como reportero por Suecia, Finlandia, Inglaterra, Egipto, Corea, Marruecos y Rusia.

Además de su trabajo como periodista, escribió más de cuarenta novelas que fueron publicadas como cuentos por entregas en periódicos de París.

Entre sus novelas más famosas destacan El misterio del cuarto amarillo, El perfume de la dama de negro y El fantasma de la Ópera.

Murió en 1927 dejando tras de sí una larga trayectoria como escritor.

Gaston Leroux
(1868-1927)

French writer who became famous due to his adventure and detective novels.

He worked in several newspapers and travelled as a reporter in Sweden, Finland, England, Egypt, Korea, Morocco, and Russia.

Apart from his job as a journalist, he wrote more than forty novels that were published as serials in the Paris press.

The Mystery of the Yellow Room, *The Parfum of the Lady in Black* and *The Phantom of the Opera* stand out among his most famous novels.

He died in 1927 leaving behind him a long career as a writer.

Introducción

Un hombre misterioso aterrorizaba la Ópera de París para atraer la atención de Christine Daaé, una joven cantante a quien, mágicamente, dotó de una gran voz porque la amaba. Su nombre era Erik, pero todos lo conocían como el fantasma de la Ópera.

El vizconde Raoul de Chagny también amaba a Christine y se enfrentó, junto con el Persa, al temible fantasma, luego de que éste raptara a la bella joven después de una función.

Erik siempre fue rechazado por su fealdad, pero con el poder de un beso comprendió que la belleza interior está por encima de la bellaza exterior.

¡Disfruta esta fabulosa novela que combina romance, terror, misterio y tragedia!.

Síntesis

Todos hemos disfrutado de historias en las que los personajes principales fueron dotados de belleza y bondad y que, tras varias aventuras, al final viven muy felices.

Aquí te presentamos algo diferente: Erik, el protagonista, ha sufrido mucho debido a su fealdad.Pasó su vida vagando por el mundo y buscando la manera de sobrevivir. Aunque la vida le negó belleza, lo dotó de gran inteligencia y astucia para conseguir cuanto se proponía.

Te invitamos a conocer la hermosa historia de
El fantasma de la Ópera, contada por el propio autor del libro: Gastón Leroux.

Introduction

A mysterious man terrifies the Opera of Paris to attract the attention of Christiane Daaé, a young singer whom he magically provided with a beautiful voice because he loved her. His name was Erik, but everyone knew him as the phantom of the Opera.

The viscount Raoul de Chagny also loved Christine and confronted the fearsome ghost along with the Persian after the phantom kidnapped the girl at the end of a show.

Erik had always been rejected because of his ugliness but with the power of a kiss he understood that internal beauty is beyond the external one.

Enjoy this incredible novel that combines romance, horror, mystery, and tragedy!

Synthesis

We have all enjoyed stories in which the main characters are granted beauty, kindness, and that, in the end, they live very happily. Here we present something different: Erik, the main character has suffered due to his ugliness. He passed his life wandering along the world searching for the way to survive. Even though life denied him beauty, he was provided with great intelligence and cunning to achieve what he aimed for.

We invite you to know the beautiful story of The Phantom of the Opera told by the author himself: Gaston Leroux.

Prefacio

Yo, Gastón Leroux, afirmo que el fantasma de la Ópera existió, aunque no era una sombra, sino un ser de carne y hueso que vagaba por los sótanos y pasadizos de la Ópera de París y que vivía en el lago subterráneo del teatro.

Me puse a investigar porque estaba seguro de que todo tenía una explicación lógica y encontré que había relación entre el rapto de Christine Daaé y la desaparición del vizconde de Chagny.

Hubo ocasiones en que me sentí decepcionado en mi intento por demostrar la existencia del fantasma de la Ópera; sin embargo, tuve la suerte de conocer al único testigo de esta historia: el Persa, un hombre misterioso que me dio personalmente las pruebas que necesitaba.

Preface

I, Gaston Leroux, claim that the phantom of the Opera existed, even though it was not a shadow but a being of flesh and blood who wandered through the basements and passages of the Opera of Paris and lived in the subterranean lake of the theater.

I decided to research because I was convinced that everything had a logical explanation and I found out that there was a relation between the kidnapping of Christine Daaé and the disappearance of the viscount of Chagny.

There were times in which I felt disappointed in my attempt to demonstrate the existence of the Phantom of the Opera. However, I was lucky enough the only witness of this story: the Persian, a mysterious man who gave me in person the evidence that I needed.

Por último, hubo un hecho que confirmó lo que me dijo el Persa sobre la existencia del fantasma. Tiempo después de los extraños relatos que te voy a contar, en el teatro de la Ópera se realizaron trabajos de excavación en el subsuelo durante los cuales se encontró un cadáver al lado de una fuente. Contrario a lo que aseguraban los periódicos de que se trataba de alguna víctima de una batalla, yo tenía la certeza de que ése era el cadáver del fantasma, pues reunía todas las características que el Persa me había dicho.

Gastón Leroux

Finally, there was a fact that confirmed what the Persian had told me about the existence of the ghost. Time after the strange tales that I am about to tell, some excavations were done in the subsoil of the Opera theater. During these jobs, a corpse was found besides a fountain. Opposite to what the newspapers assured, that he was a victim of a battle, I was certain that it was the corpse of the phantom, since it possessed all the characteristics that the Persian had referred to me.

Gaston Leroux

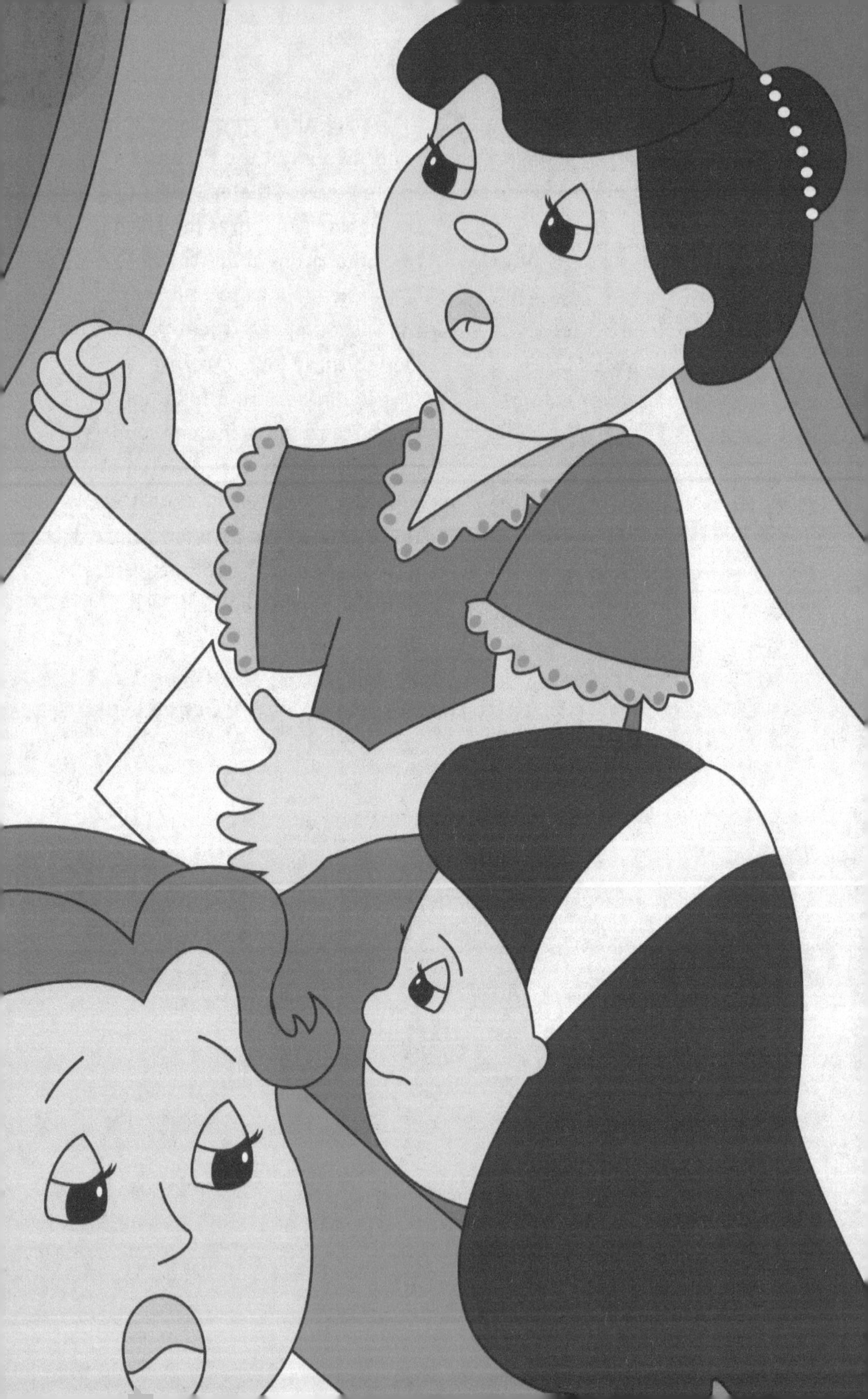

El triunfo de Christine

Esa noche se disfrutaba de una velada de gala en la Ópera porque los directores del teatro anunciaban su retiro.

Mientras el público disfrutaba la función, la señorita Sorelli, una de las cantantes más importantes y bellas del momento, se encontraba en su camerino ensayando unas palabras de despedida para los directores salientes.

—¿Por qué tanto alboroto? —preguntó al ver que sus compañeras entraban asustadas y cerraban la puerta con llave.

—¡Vimos al fantasma!

Christine's success

That night a soirée was going on in the Opera because the directors of the theatre were announcing their retirement.

While the public enjoyed the show, Mrs. Sorelli, one of the most important and most beautiful singers of the time was in her dressing room rehearsing her speech for the outgoing directors.

"Why is there so much fuss?", she asked when seeing that her colleagues entered frightened and locked the door.

"We saw the ghost!"

De unos meses a la fecha, la gente sólo hablaba del fantasma que se aparecía por los pasillos. Se decía que su cara era horrible y que en vez de ojos sólo se distinguían dos agujeros. También que él era el responsable de las desgracias que últimamente habían ocurrido en la Ópera.

Esa noche la cantante principal se había sentido enferma y la joven Christine Daaé la sustituyó. Era la primera vez que cantaba en público y todos estaban muy sorprendidos porque había cantado como los ángeles.

Ante tantos aplausos, Christine comenzó a temblar hasta que se desvaneció. Parecía más espantada que emocionada. La llevaron en brazos hasta su camerino, a donde la siguieron sus admiradores.

In recent months, people only talked about the ghost that appeared in the corridors. People said that his face was horrible and that instead of eyes one could only distinguish a pair of holes. Also, that he was responsible for the misfortunes that had had place lately in the Opera.

That night, the main singer had felt sick and the young Christine Daaé had replaced her. It was the first time that she sang in public, and everyone was really surprised because she had sung like an angel.

In light of so many applauses, Christine began trembling until she fainted. She looked more scared than excited. They took her in arms to her dressing room where the fans followed her.

Mientras tanto, en el palco de la noble familia Chagny, el conde veía con sorpresa la preocupación que se reflejaba en el rostro de su hermano Raoul, el vizconde.

—¡Tengo que saber qué ha sucedido! —dijo Raoul, y sin despedirse de su hermano se dirigió rápidamente hacia el camerino de la señorita Christine Daaé.

En ese momento la joven volvió en sí, miró al doctor y después a Raoul, quien le preguntó:

—¿Se acuerda de mí? Soy el niño que recogió su chal del mar. Aunque fuimos amigos hace mucho tiempo, no nos habíamos vuelto a ver. ¡Tenemos tanto de qué hablar!

—Hablaremos después; ahora les suplico que me me dejen descansar —respondió la joven.

Meanwhile, in the balcony of the noble family Chagny, the count looked with awe the worry that was reflected in his brother's face, viscount Raoul.

"I have to know what has happened!" said Raoul and without saying goodbye to his brother he addressed quickly to Ms. Christine Daaé's dressing room.

In that moment, the girl woke up, looked at the doctor first and Raoul afterward; the young man asked her:

"Do you remember me? I am the boy who lifted your shawl from the sea. Even though we were friends once long time ago, we had not seen each other again. There is so much to talk about!

"We'll talk later. Now I beg you let me rest", answered the girl.

Raoul salió de la habitación, pero permaneció cerca, y, de pronto, se sorprendió al escuchar la voz de un hombre que decía a la joven: "Has cantado con el alma, pero quiero que me ames"; a lo que ella respondió: "Pero si sólo canto para usted".

Al poco rato Christine salió de su camerino y Raoul se deslizó cauteloso para descubrir al misterioso hombre de la voz, pero por más que buscó no pudo encontrar a nadie.

Desconcertado, abandonó con la cabeza baja el camerino.

Raoul went out of the room, but he remained close, and suddenly, he was shocked when hearing a man's voice saying to the girl: "You have sung with the soul, but I want you to love me." She answered to this: "But I only sing for you."

Soon after, Christine went out of her dressing room and Raoul slid carefully to find the mysterious man whose voice he had heard, but the more he tried, he could not find anyone.

Puzzled, he abandoned the dressing room lowering his head.

El ingel de la Música

Días después del triunfo de Christine, Raoul recibió una carta en la que ella le informaba que iba a ir al pueblo donde hacía unos años había enterrado a su padre.

Inmediatamente, Raoul emprendió también el viaje hacia ese lugar con la esperanza de poder declararle su amor a Christine.

Durante el trayecto recordó cómo había conocido a la joven. Aún niños, él había llegado a ese lugar de vacaciones donde ella vivía junto a su padre, que era un excelente violinista y un hombre maravilloso. Una tarde, el chal de la niña fue a dar al mar y el pequeño corrió a recogerlo. Desde entonces, cada tarde el padre de Christine les tocaba con su violín melodías que les hicieron amar la música; además, les contaba historias sobre el Ángel de la Música que otorgaba sus dones musicales a todo aquel que lo escuchaba.

The angel of music

Days after Christine's success, Raoul received a letter in which she informed him that she was going to the town where some years before she had buried her father.

Right away, Raoul begun his trip to that place hoping to declare his love to Christine.

During his journey, he recalled how he had met the young woman. They were still children when he arrived for vacations to that place where she lived with her father who was an excellent violin player and a wonderful man. One afternoon, the girl's shawl ended up in the sea, and the boy went to pick it up. Since then, Christine's father played for them in the violin melodies that made them love music. Besides, he told them stories about the Angel of Music who gave its talent to anyone who would listen.

"Mi pequeña —decía el hombre al tiempo que miraba a su rubia y hermosa hija—, tú recibirás la visita del ángel cuando yo muera, te lo aseguro."

Recordando estos momentos felices, el vizconde llegó al pueblo y entró en la posada; en seguida vio a Christine, quien no se sorprendió de su llegada.

—Señorita, usted sabe que la amo. Desde hace tiempo he estado esperando el momento de volver a verla. ¿Por qué no me dijo que esperaba la visita de un hombre la noche que la visité en su camerino?

"My little girl", said the man when he looked at her blonde and beautiful daughter, "the Angel will pay you a visit once I die, I can assure you."

Remembering these happy moments, the viscount arrived at the town and entered the inn. Next, he saw Christiane who was not surprised upon his arrival.

"Lady, you know I love her. Since long ago I have been waiting for the moment to see you again. Why didn't you tell me that you were expecting a man's visit the night I went to see you to your dressing room?"

—¡Escuchó a través de la puerta de mi camerino! —gritó la joven.

—La amo, señorita, no lo pude evitar —dijo avergonzado Raoul.

Christine recobró la calma:

—Raoul, le voy a contar la verdad porque sé que no se burlará de mí, después de todo usted, junto conmigo, escuchó las historias de mi padre. Recordará que él siempre nos hablaba de la existencia del Ángel de la Música.

—Sí, Christine, eran historias muy hermosas.

—Bien, pues al fin me lo envió mi padre y me ha dado lecciones en mi camerino sin que nadie se entere. Mi progreso en el canto ha sido fabuloso y lo demostré en la noche de mi triunfo —comentó emocionada—. Ahora que usted me dice que también escuchó esa voz me doy cuenta de que no es sólo cosa de mi imaginación.

"You listened through my dressing room's door!" she shouted.

"I love you, Miss, I couldn't help it." He answered with shame.

Christine recovered her temper:

"Raoul, I am going to tell you the truth because I know you will not laugh at me. After all, you listened to my father's stories by my side. You must remember that he always told us about the Angel of Music.

"Yes, Christine, those were beautiful stories."

"Well, my father finally sent him to me, and he has given me lessons in my dressing room without anyone noticing. My progress in singing has been wonderful and I showed it on the night of my success", she answered excited. "Now that you said that you also heard that voice, I can realize that it isn't just something coming out of my imagination."

—Christine, usted es demasiado inocente, ¡cómo es posible que se deje engañar por alguien que le dice ser el Ángel de la Música! —rió burlón Raoul.

La joven se indignó y se encerró en su habitación de donde no salió, sino hasta cerca de las 12 de la noche para dirigirse al cementerio. En medio de la oscuridad Raoul la siguió.

Christine llegó al cementerio justo cuando sonaba la última campanada que anunciaba las 12 de la noche; se hincó ante la tumba de su padre y entonces comenzó a escucharse una música maravillosa de violín. Era tan hermosa que parecía que la interpretaban los ángeles con el violín del señor Daaé.

"Christine, you are so innocent. How is it possible that you let someone fool you by making you think he is the Angel of Music", said Raoul laughing.

The girl felt outraged and locked herself in her room and didn't come out of it until around midnight. She knelt before her father's tomb and then some wonderful music for violin was heard. It was so beautiful that it seemed to be played by angels who used Mr. Daaé's instrument.

Después de rezar, Christine regresó a la posada.

Mientras tanto, Raoul descubrió una sombra que pasó veloz junto a él y trató de detenerla; logró agarrar una de las esquinas de la capa que llevaba la sombra y ésta volvió el rostro... ¡Agghhh! ¡Qué rostro más espantoso!

Raoul perdió el sentido y sólo lo recobró en la posada al recibir las atenciones de Christine y de la dueña del lugar.

After saying her prayers, Christine went back to the inn.

Meanwhile, Raoul saw a shadow who passed fast beside him and tried to stop it. He managed to grab one of the corners of the cape the shadow was wearing, and it turned his face around...¡Ughhh! What a horrible face!

Raoul passed out and he was only able to recover at the inn when he was taken care by Christine and the owner of the place.

5

Encuentro con el fantasma

Mientras, esa tarde, los directores del teatro recibieron una carta firmada por un tal F. de la Ó. en la que les advertía que no alquilaran el palco 5 y que Christine interpretara el papel principal.

"Si no siguen estas reglas, esta noche el público presenciará la función en una sala maldita.
F. de la Ó."

—¡Esto ya es insoportable! Esta noche seremos nosotros dos quienes ocupemos el palco 5 y no cederemos en nada. Christine no está, así que otra persona tendrá que cantar en su lugar —gruñó uno de los directores.

Meeting the ghost

In the meantime, that evening the directors of the theatre received a letter signed by a so-called Ph. of the O. in which they were advised not to rent box number 5 and that Christine had to play the main role.

"If you do not follow these rules, this night the public will witness a feature in a hollow room."

Ph. of the O.

"This is unbearable! This night it will be us who will use box 5 and will not yield, not even in one thing. Christine is not here, so someone else will have to sing in her place", grunted one of the directors.

Llegó la noche y los directores ocuparon sus asientos en el palco 5 preguntándose nerviosos si el fantasma se presentaría.

—Para ser una sala maldita está muy tranquila.

Las luces se apagaron y comenzó la función. La cantante que salió en lugar de Christine cantó muy desafinada.

Entonces se escuchó un grito y un fuerte ruido. Los directores palidecieron cuando vieron que la lámpara de la sala se movía; las cadenas se rompieron y la enorme lámpara cayó sobre los asustados espectadores, provocando el pánico entre todos.

El fantasma, enojado, había cumplido su amenaza.

The night arrived and the directors took their seats in box 5 wondering anxiously if the phantom would show up.

"It is too calm for a hollow room."

Lights went off and the show began. The singer who went out instead of Christine sang remarkably off key.

Then, a shout was heard and then a loud noise. The directors paled when they saw that the lamp in the room was moving, its chains broke, and the enormous lamp fall down over the frightened audience spreading panic among everyone.

Full of anger, the phantom had met his menace.

La cita

Después de este horrible suceso
y ya de regreso en París,
transcurrieron varios días sin que
Raoul supiera algo de Christine
hasta que una mañana recibió
una carta para citarlo en el baile
de máscaras de la Ópera, a
donde debería ir con un disfraz
de dominó blanco y con una
máscara que evitara descubrir
quién era.

La hora de la cita llegó y
Raoul esperaba impaciente; de
pronto, una joven disfrazada
de dominó negro le susurró:
"¡Sígame!"

No hubo tiempo para
preguntas. El dominó blanco
corría detrás de su compañera
cuando vio a alguien disfrazado
que decía:

The rendezvous

Since this horrible event, back
in Paris, some days went by in
which Raoul did not receive any
news from Christine until one
morning she received a letter to
summon him to the masquerade
of the Opera, to which he had to
go dressed up in a white domino
costume and using a mask that
would avoid knowing who he
was.

The rendezvous time
arrived, and Raoul was waiting
impatiently. Suddenly, a young
woman dressed in a black domino
costume whispered to him:
"Follow me!"

There was no time for
questions. The white domino
ran after his mate when he saw
someone dressed up who said:

—¡Soy la Muerte Roja, no se atrevan a tocarme porque se pueden arrepentir!—. Se trataba de un hombre con cara de calavera y traje con capa color púrpura.

Pronto, Christine y Raoul llegaron a uno de los camerinos. Justo en el momento en que cerraban la puerta, Raoul vio que la Muerte Roja pasaba cerca y, al asomarse, reconoció que ése era el rostro que vio en el cementerio del pueblo.

—¡Ése es al que usted ama! —exclamó tristemente sorprendido el joven.

—¡Por supuesto que no! Pero como usted no creerá nada de lo que diga será mejor que no nos volvamos a ver. ¡Adiós! —y abandonó el lugar para dirigirse a su propio camerino.

"I am the Red Death, do not dare touching me or you may repent!"

It was a man with the face of a skeleton and a suit with a purple cape.

Soon after, Christine and Raul got to one of the dressing rooms. In the very moment in which the door was closed, Raoul saw that the Read Death was passing by close and when he watched carefully, he recognized the same face he had seen in the town cemetery.

"That one is the one you love!" said with sadness the surprised young man.

"Of course not! But since you will not believe anything of what I say it would be better if we do not see each other again. Farewell!" and she left the place to go to her own dressing room.

Un momento después, el vizconde entró en el camerino de Christine sin que ella lo viera y se comenzó a escuchar una hermosa música que provenía de las paredes. Ella se quitó el antifaz y dijo:

—Estoy lista, Erik.

Caminó hacia un espejo de cuerpo completo que se encontraba en el cuarto, extendió los brazos hacia su propia imagen como si se encontrara bajo un estado hipnótico y desapareció.

A moment later, the viscount entered Christine's dressing room without her seeing him and started to listen to a beautiful music coming from the walls. She took off her mask and said:

"I am ready, Erik."

She walked towards a whole-body mirror that was in her room and extended her arms towards her own image as if she were under a hypnotic state and vanished.

Christine y Erik

Raoul lloró su desgracia toda la noche. Al siguiente día se dirigió a casa de Christine, en donde la encontró de lo más tranquila.

—Señorita, si me permite dejar que yo la proteja, le prometo no hacerle ninguna pregunta, ni siquiera la cuestionaré sobre el anillo de oro que lleva en el dedo.

—Raoul, usted corre un gran peligro.

—No niegue que ama a Erik, yo mismo la escuché decir su nombre ayer.

Christine se sintió conmovida ante la actitud del joven y con una sonrisa le prometió que lo esperaría al día siguiente en su camerino.

Christine and Erik

Raoul cried his misfortune during the whole night. The next day he headed towards Christine's house where he found her in a very calm mood.

"Lady, if you allow me to protect you, I promise not to ask you any question, not even will I ask you about the golden ring you are wearing in the finger.

"Raoul, you are being put at risk."

"Do not deny you love Erik, I heard you myself saying his name yesterday."

Christine felt moved by the man's attitude and promised him that she would wait for him in her dressing room the next day.

Al siguiente día los jóvenes pasaron juntos toda la tarde en el más dulce de los encuentros. Él le platicó que en poco tiempo partiría a una expedición muy peligrosa por el mar. Christine le daba ánimos para que no se sintiera nervioso.

—Raoul, le propongo algo —le dijo Christine a modo de complicidad—. Puesto que tiene que partir y que los dos estamos conscientes de nuestro amor, juguemos a comprometernos a partir de este momento. Aunque sea por algunos días seremos felices.

El vizconde aceptó feliz por tener la oportunidad de estar con su amada. "Quizá hasta se olvide de Erik", pensó.

The next day, the two of them spent the whole evening in a very sweet date. He told her that in short time he would be engaged in a very dangerous sea expedition. Christine encouraged him so he wouldn't feel anxious.

"Raoul, I propose you something", said Christine as a form of complicity. "Since you must go and both of us are conscious about our love, let's play and engage since this moment. Even for some days we will be happy."

The viscount accepted gladly for having the opportunity to stay with her beloved one. "Perhaps I might even forget Erik", she thought.

Durante esos días, Christine le enseñó todos los pisos y rincones superiores de la Ópera. Paseaban como chiquillos felices sin que nada enturbiara su felicidad.

—Venga, vayamos a los tejados y platiquemos de nuestro amor lo más cerca posible del cielo, ahí no corremos peligro —le dijo nerviosa una tarde. Una vez allí le suplicó—: Raoul, prométame que mañana por la noche me llevará con usted, no quiero volver con ese demonio.

Y comenzó su relato:

»Hace un meses que escuché por primera vez la hermosa voz que usted también ha escuchado en mi camerino. Yo, ingenuamente, le pregunté si era el Ángel de la Música y me respondió que sí y que estaba dispuesto a darme lecciones de canto con la condición de que yo no le dijera a nadie. Mis progresos se notaron cuando me desmayé tras la función.

During those day, Christine showed him all the floors and all the upper spots in the Opera. They would wander like happy children without anything troubling their happiness.

"Come on, let's go to the roofs and talk about our love the closest possible to the sky. We won't be at risk there", she said nervously one afternoon. Once there, she begged him: "Raoul, promise me that tomorrow in the night you will take me with you, I don't want to go back with that demon."

And she began her story:

»Some months ago, I heard for the first time the beautiful voice you told me that you had heard too in my dressing room. I naively asked him if he was the Angel of Music and he answered yes, and that he was willing to teach me to sing with the only condition that I would not tell anyone. My progress was noticed when I fainted after the show.

»Durante esas lecciones, un día, sin saber cómo, aparecí en uno de los sótanos del teatro y me asusté al ver que un hombre con capa negra me estaba mirando. Cuando me levanté me di cuenta de que me encontraba en una habitación adornada con flores.

—No le haré ningún daño si no trata de quitarme la máscara, yo la amo y pongo cuanto tengo a sus pies —dijo ese ser que daba miedo.

»Al escucharlo supe que me dejaría libre, pero cometí un grave error: le jalé la máscara y vi su horripilante cara.

—¡Con esto te has condenado! ¡Te quedarás aquí para siempre!

»During the lessons, one day without knowing how, I ended up in one of the basements of the theatre and I was so scared when seeing a man with a black cape was staring at me. When I stood up, I realized that I was in a bedroom ornamented with flowers.

"I won't do you any harm if you don't try to take off the mask from my face, I love you and I offer you everything I own", said that scary being.

"When I listened to him, I knew he would let me go but I made a serious mistake: I ripped off the mask and saw his horrible face."

"Now you've condemned yourself! You will stay here forever!"

»El tiempo pasó y deduje que ése al que yo le decía Ángel de la Música era al que los otros llamaban el Fantasma de la Ópera y que, pese a su terrible aspecto, en el fondo era alguien digno de lástima. A fin de cuentas nunca me hizo daño. Un día me puso un hermoso anillo de oro en el dedo y me dijo:

—Sé que volverás a visitar al pobre Erik algún día y por eso te dejo en libertad; sólo te pido que siempre lleves puesto este anillo, porque será la garantía de que nada te pasará; en cambio, si lo pierdes caerán muchas desgracias sobre ti.

»Después de esto, me dejó libre cerca del teatro.

»Time went by, and I inferred that he whom I called the Angel of Music was the same person others knew as the Phantom of the Opera and that despite his terrible aspect, deep in the heart he was someone worthy of pity. In the end, he never harmed me. One day, he placed a beautiful golden ring in my finger and told me:

"I know you will come back and visit poor Erik one day and that is why I set you free. I Just ask you to wear this ring because it will be the warrant that nothing will happen to you. If you lose it instead, many misfortunes will fall upon yourself.

»After this, he let me go near the theatre.

—Raoul, le pido que mañana, después de la función, nos vayamos lejos de aquí. Debe ser hasta mañana, porque si no me escucha cantar moriría de tristeza y eso no lo puedo permitir —dijo conmovida—. Él me enseñó todo lo que sé, pero a quien amo es a usted.

—Muy bien, Christine, aunque mi hermano quiera impedirlo, mañana me la llevaré para que vivamos siempre juntos.

En ese momento vieron una terrible sombra negra en la que se distinguían unos ojos que echaban chispas en medio de la oscuridad.

Los jóvenes bajaron corriendo del tejado hasta el camerino de la cantante. Cuando cerró la puerta, ella se puso pálida.

—¡He perdido el anillo! ¿Qué ocurrirá ahora?

"Raoul, I plead you that tomorrow after the show, we leave far away from here. It must be until tomorrow because if he doesn't hear me sing, he will die of sadness, and I cannot let that happen", she said deeply moved. "He has taught me everything I know but you are the one I love."

"Very well, Christine, even though my brother might want to stop me, tomorrow I will take you away so that we can always be together."

In that moment, they saw a horrifying black shadow in which a pair of eyes could be distinguished among darkness.

The young couple went down from the roofs all the way to the singer's dressing room. When the door was closed, Christine paled.

"I have lost the ring! What will happen now?

El rapto
de Christine

Al día siguiente se llevó a cabo la representación de la ópera Fausto, en la que Christine demostró una vez más su excelente voz. Sin embargo, en el momento en que los ángeles la elevan al cielo y ella comienza a flotar por los aires ayudada de unas cuerdas, el teatro quedó a oscuras. En un instante todo volvió a iluminarse. Fue cuestión de segundos ¡pero Christine había desaparecido!

Se armó un enorme alboroto, todos querían saber dónde estaba la fabulosa cantante. El conde de Chagny estaba de pie y miraba incrédulo a su hermano. Para muchos, el joven era el culpable, ¿acaso no había dicho que se la llevaría? Aunque, por otro lado, ¿su hermano no había dicho que lo impediría? Ambos eran sospechosos.

The kidnap of
Christine

The next day, the opera Faust was performed. In the feature, Christine demonstrated once more her extraordinary voice. However, in the moment in which the angels took her to heaven and she started floating in the air helped with strings, the theatre went dark. Immediately after, it was all lit again. It was just a matter of seconds, but Christine had disappeared!

There was a huge fuss, and everyone wanted to know where the marvelous singer was. Count Chagny was standing up and looked at his brother full of incredulity. For many, the young man was guilty. Hadn't he said he was going to take her away? Yet, in the other hand, hadn't his brother said he would get in the way? They were both suspicious.

Cuando llegó la policía, el comisario fue hasta la oficina de los directores para hablar con ellos.

—Señores —entró corriendo Raoul—, Erik, a quien llaman el fantasma de la Ópera, es quien raptó a Christine.

—¿Acaso ustedes tienen aquí a un fantasma? —cuestionó el comisario a los directores que no habían podido ocultar su sorpresa ante lo que acababan de escuchar.

—Será mejor que el joven vizconde nos diga todo lo que sabe —dijeron.

Raoul les contó todo lo que sabía y los tres hombres pensaron que el joven estaba completamente loco, por lo que éste decidió rescatar solo a Christine. Cuando corría por uno de los pasillos se encontró con el Persa.

When the police arrived, the superintendent went to the director's office to talk to them.

"Gentlemen", entered Raoul running, "Erik, whom they call the Phantom of the Opera is the one who kidnapped Christine."

"Do you have a ghost here?" asked the superintendent to the directors who couldn't disguise their surprise before what they had just heard.

"It would be better that the young viscount tells us everything he knows", they said.

Raoul told them everything he knew, and the three men thought that the young man was totally crazy, so he decided to rescue Christine on his own. When running through one of the corridors he found the Persian.

—Usted sabe que Christine está en poder de Erik —le dijo ese hombre enigmático pero que inspiraba confianza—. Me siento responsable por lo que él ha hecho; hace tiempo, en el Oriente, le perdoné la vida cuando yo era policía, es decir, un daroga, como nos llaman en mi país —suspiró y continuó—. Años después lo encontré aquí, en la Ópera, convertido en un ser temible. Sígame, trataremos de rescatar a Christine, aunque sepa que nos enfrentaremos a un cruel enemigo. Tome esta pistola y manténgala a la altura de la boca, de eso depende su vida.

"You know that Christine is under Erik's power", he told this mysterious man who seemed trustworthy after all.

"I feel responsible for what he has done. Long time ago, in the East, I spared his life when I was a policeman, that is, a daroga, as they call us in my country", the man sighed and went on. "Years later I found him here, in the Opera, transformed into a fearsome being. Follow me, we will try to rescue Christine, even though you must know we are facing a cruel enemy. Take my gun and keep it close to your face, at the height of your mouth. Your life depends on it."

Los dos hombres corrieron hasta llegar a los subterráneos.

—¿Conoce usted este laberinto de caminos?
—comentó Raoul.

—No tan bien como él —respondió el Persa—. No deje de sostener la pistola como le he dicho. O, si lo prefiere, guarde la pistola, pero siga con la mano colocada sobre la boca como si aún sostuviera el arma.

Raoul no se atrevió a preguntar nada pese a lo extraño de las indicaciones.

The two men ran until they got to the basements.

"Do you know this labyrinth of ways?", asked Raoul.

"Not so much as you do" answered the Persian. "Do not stop from holding the gun like I have told you. Or, if you prefer, put it away but keep holding your hand before your mouth as if you were still holding the weapon.

Raoul did not dare asking one thing despite the oddity of the instructions.

La historia de Erik

Entonces el Persa comenzó un relato en voz baja:

—Debe saber que Erik siempre fue rechazado por su fealdad. Desde sus primeros años vagó por las ferias a donde acudían a verlo. Aprendió trucos de magia, y llegó a ser famoso por ser de los mejores en esas artes. Una de las sultanas más malvadas de Oriente lo tuvo bajo sus órdenes para que le diera diversión, incluso a costa de vidas humanas. Allí fue donde inventó el lazo del Punjab, un artilugio con el que se convirtió en el mejor estrangulador.

Erik's story

And then, the Persian began telling a story in a quiet voice:

"You must know that Erik was always rejected for being ugly. Since the first years of his life, he wandered around fairs where people went to see him. He learned magic tricks, and then became a celebrity for being outstanding in that craft. One of the cruelest sultanas in the East had him under her command to entertain, even at the expense of other people's lives. That is where he created the Punjab strap, a gadget that made him the best strangler.

Con esto Raoul comprendió que, con la postura en que tenía la mano sería imposible que el lazo del Punjab les hiciera daño.

Cuando llegaron al tercer sótano se deslizaron por una ventana que los condujo a lo que el Persa reconoció como la cámara de los tormentos.

Ésta es una habitación con paredes de espejo en la que sólo hay un árbol de metal con un lazo del Punjab para que aquel que se encuentre preso, cuando no soporte más el encierro, por propia voluntad se ahorque.

Pero el Persa sabía que en algún rincón había un mecanismo que abría la salida de ese lugar.

—¡Aquí! ¡He descubierto el mecanismo que nos abrirá la puerta para salir!

This is how Raoul understood that the way he was holding his hand it would be impossible for the Punjab strap to harm them.

When they reached the third basement, they slipped through a window that led them towards what the Persian recognized as the torments chamber.

This is a room with mirror walls in which there is only one metal tree with a Punjab strap for the one who might be imprisoned. When he may not stand the confinement anymore, he will strangle himself.

But the Persian knew that in some spot there should be a mechanism that would open the exit door from that place.

"Here! I have found the device that will open the door for us to get out!"

El Persa activó con energía el mecanismo y salieron.

—¿Acaso él inventó todas las trampas y construyó todos estos caminos subterráneos? —preguntó el vizconde mientras salían.

—Los pasillos datan de épocas antiguas. Aquí traían a los presos. Sólo Erik conoce bien todo esto. En cuanto a las trampillas, efectivamente, fue él quien las diseñó —comentó el Persa.

Siguieron bajando y de pronto entraron en una celda donde había unos toneles. Cuando Raoul logró quitar la tapa de uno de ellos vieron que estaban llenos de pólvora y, asustados, pensaron lo peor.

—Vaya, Roul, realmente piensa volar el teatro —murmuró el Persa.

The Persian activated the mechanism with strength, and they went out.

"Did he himself invented all these traps and built these subterranean ways by any chance?" asked the viscount on their way out.

"The corridors go back to the old ages. This is where they used to bring the prisoners. Only Erik knows well all this. Regarding the traps, it was him in fact who designed them", added the Persian.

They kept going down and suddenly they entered a cell where there were some barrels. When Raoul managed to take off the top of one of them, they saw that they were full of gun powder, and frightened, they thought on the worst.

"Well, Raoul, he is really planning to blow up the theatre", whispered the Persian.

En ese momento, en el cuarto de al lado, escucharon una voz que decía:

—Christine, aquí hay dos cofres: uno tiene un escorpión de metal, el otro un saltamontes. Si giras el escorpión es que aceptas ser mi esposa; si giras el otro todo el teatro volará en pedazos —dijo Erik. Pero entonces, se dio cuenta de que Raoul y el Persa estaban en el otro cuarto.

—Veo que aún no han muerto. ¿Pensaban que ignoraba su presencia?

—¡Erik, no les hagas daño! ¡Prometo ser tu esposa, giraré el escorpión!

En ese momento, Erik manipuló un mecanismo y se cerró la puerta del lugar donde estaban los toneles y los jóvenes. Entonces empezó a entrar agua que subía rápidamente. La pólvora se había mojado; sin embargo, el agua subía con rapidez y Raoul y el Persa perdieron el conocimiento, mientras intentaban mantenerse a flote

In that moment, in the next room the hear a voice saying:

"Christine, there are two chests: one has a metal scorpion, and the other a grasshopper. If you turn the scorpion you agree to marry me, if you turn the other one, the theatre will blow up in pieces", said Erik. But then, he realized that Raoul and the Persian where in the next room.

"I see that you are still alive. Do you think I ignored you were here?"

"Erik, don't hurt them! I promise I will marry you; I will turn the scorpion!

In that moment, Erik handled the mechanism and the door where the barrels and the young men was closed. Then water started flowing in rapidly. The powder had been moistened, however the water kept going up and Raoul and the Persian lost their senses, while they tried to stay afloat.

La liberación

Cuando el Persa despertó se sentía terriblemente mal. En el otro extremo estaba al vizconde, cuidado por Christine.

—Ella me suplicó que los salvara de morir ahogados —dijo Erik cuando vio que el Persa se despertó—. Me prometió que se convertiría en mi mujer y no volvería a hablar con el señor de Chagny. Yo los llevaré a ambos a su casa.

El Persa se tranquilizó al escuchar esto y, tras sentir una pócima que Erik le rociaba en la cabeza, se quedó dormido. Cuando despertó, ya estaba en su departamento. Días después, se dirigió a casa de los Chagny, donde le informaron que nada se sabía del vizconde.

The liberation

When the Persian woke up, he felt terribly ill. In the other side was the viscount taken care by Christine.

"She begged me to save you from being drowned", said Erik when he saw the Persian had woken up. "She promised she would become my wife and would never talk to Mr. Chagny again. I will take you both to your houses.

The Persian calmed down when he heard this and, after sensing a potion that Erik spread over him, he fell asleep. When he woke up, he was in his apartment. Days later, he went to the Chagnys' house where he was informed that they knew nothing about the viscount.

Inmediatamente, el Persa decidió denunciar a Erik para impedir que cometiera algún otro crimen. Pero el comisario consideró que el Persa estaba loco.

Immediately after, the Persian decided to denounce Erik to stop him from committing another crime. But the police superintendent considered that the Persian was out of his mind.

La última aparición del fantasma

Días después, el Persa recibió la visita de Erik, el fantasma, quien se veía muy débil y enfermo.

—Daroga, he venido a agradecerte todo lo que en el pasado hiciste por mí —y lanzando un suspiro agregó—: estoy a punto de morir.

—¿Qué has hecho del vizconde y de Christine?

—Ambos podrán casarse y ser felices. Cuando te conduje a tu domicilio, encerré al vizconde en una prisión de la Ópera. Christine creyó que yo lo había dejado en libertad y me permitió besarla en la frente sin hacer gesto alguno de repugnancia. Ante eso me puse a llorar. Nadie me había dado un beso antes por lo feo que soy. En cambio Christine sí me lo permitió y, al verme llorar, lloró conmigo.

The last appearance of the ghost

Some days later, the Persian was paid a visit by Erik, the ghost, who looked very fragile and sick.

"Daroga, I came to thank you for all that you have done for me in the past" and sighing he added: "I am about to die."

"What have you done to the viscount and Christine?"

"They will be able to marry and be happy. When I took you to your place, I locked the viscount in a prison of the Opera. Christine thought I had let him free and allowed me to kiss her in the forefront without doing any disgust gesture. I started crying after seeing this. No one had ever kissed me before due to the ugliness of my being. However, Christine allowed herself to do it and, seeing me crying, she wept with me."

Liberé al vizconde, les dije que fueran felices y ella me besó la frente —el Persa estaba conmovido—. ¡No podía negarle la felicidad a ella que era tan buena conmigo! Le entregué nuevamente el anillo de oro y le hice prometerme que cuando yo muriera me enterraría cerca de la fuente poniendo en mi mano el anillo que le di. Te pido que por medio del periódico informes de mi muerte para que ella se entere —y con gesto cansado se despidió.

Para aquellos que no me crean tengo que decir que yo, Gastón Leroux, vi el cadáver de Erik con su anillo de oro.

I set the viscount free and told them to be happy, and she kissed me in the forehead." The Persian was moved. "I couldn't deny joy to her who had been so nice to me! I gave her back the golden ring and made her promise that when I died, she would bury me next to a fountain placing in my hand the ring I had given her. I ask you to let everyone know through the newspapers about my death so she can find out", and he said goodbye with a tired sign.

For those who do not believe me, I have to say that I, Gaston Leroux, saw Erik's corpse with his golden ring.

El fantasma de la Ópera · **The Phantom of the Opera**
se imprimió en mayo de 2021,
en Impreimagen, José María Morelos y Pavón,
manzana 5, lote 1, Colonia Nicolás Bravo,
C.P. 55296, Ecatepec, Estado de México.